못생긴 제인 그리고 인어

못생긴 제인 그리고 인어

베라 브로스골 지음 | 조고은 옮김

보물창고

갈 갈 갈 갈 갈 갈 갈 갈

그게…

가족의 늪지를 개발하는 일이야?

훌쩍

난 믿는다.

크로너리*

정말... 믿으세요?

그렇고 말고.

*크로너리(cronery)의 크론(crone)은 '쪼그랑 할머니', '못생긴 노파'라는 뜻이다.

…하지만 조심해서 나쁠 건 없으니까.

네 눈엔 내가 젊고 잘생겨 보이겠지, 제물아.

제인이에요.

하하하하!!!

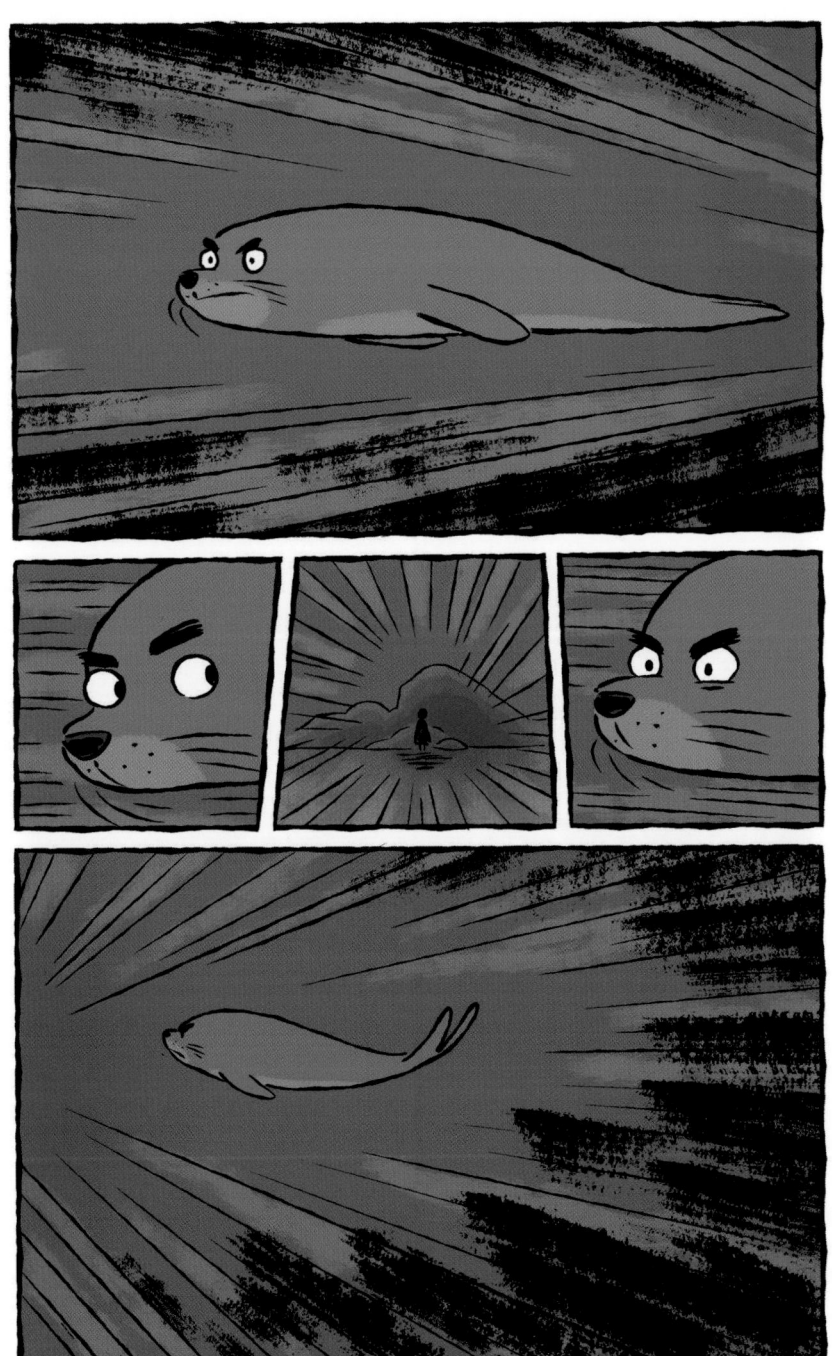

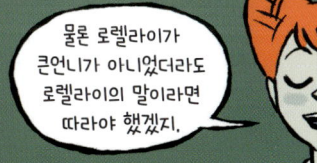

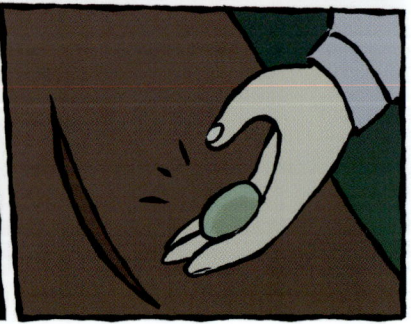

네가 이랬어?

으악!!!

휘익

난 셀키라는 종족이야!

셀키는 가죽옷을 입으면 물개가 되고 벗으면 사람이 돼!

그만 좀 때려!!!

그래서 보드닉이 네게 어깨끈을 씌웠던 거야?

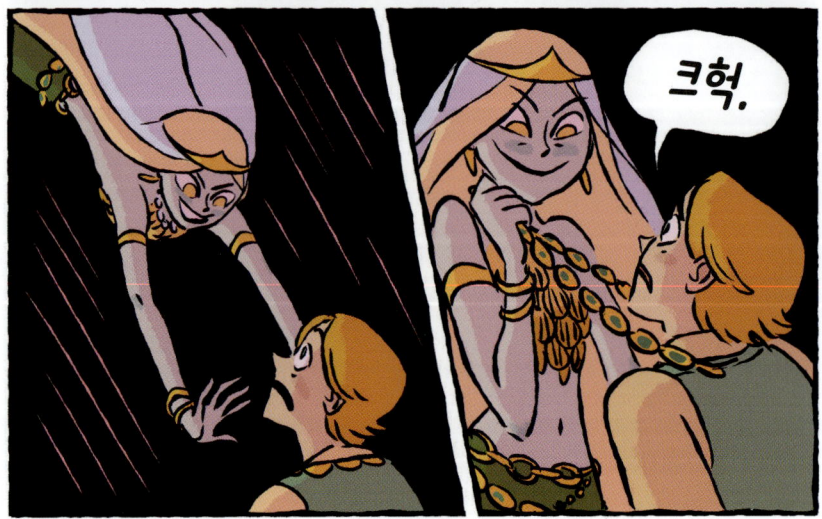

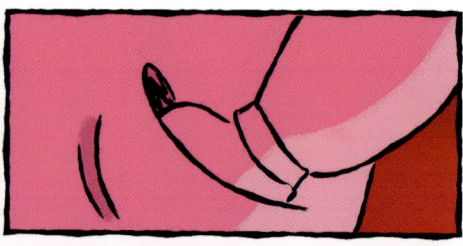

아아아아아아아!!

나는 바다가 무섭습니다.

얼마간은 내가 수영을 잘 못해서 그렇습니다. 언제든 벽을 붙잡을 수 있는 수영장이 좋아요. 하지만 볼 수 없는 것에 대해서는 자연스레 두려워하는 마음이 들게 마련이지요. 파도치는 바다를 내려다보면, 저 깊은 물속에 눈이 없고 촉수가 달린 무시무시한 생물이 숨어 있다가 제 발목을 휘감을지도 모른다는 상상이 걷잡을 수 없이 용솟음칩니다.

이런 생각을 하는 것이 나 혼자만은 아니에요. 바다 근처에 사는 사람들은 자신이 아직 알아내지 못한 부분을 무서운 이야기로 채웠습니다.

물속에서 어른대는 저 이상한 그림자는 무엇일까? 바다 괴물이겠지. 올해는 왜 이리 고기가 안 잡힐까? 바다 악마 때문일 거야. 며칠 전에 떠난 배가 왜 아직도 돌아오지 않지? 인어가 데려갔구나. 분명해.

나는 바다에 대한 나만의 옛이야기를 쓰고 싶었습니다. 하나의 모험담에 제가 좋아하는 모든 것을 듬뿍 담아서요. (셀키! 악당 인어! 마법 할머니! 장식 가발을 쓴 바다 악마!)

바다를 배경으로 하는 전 세계의 옛이야기 책을 두루 읽어 보니, 아름다움이라는 주제가 꾸준히 등장하더군요. (하하) 인어는 아름다운 노래로 선원을 유혹하고, 심해어는 찬란한 빛으로 순진한 물고기들을 입속으로 유인합니다. 마찬가지로 우리가 사는 현대 사회도 외모에 집착하고 있으며, 우린 어려서부터 그것을 몸과 마음에 익힙니다. 특히 여자아이들이요.

아주 어려서부터 나는 외모가 중요하다는 걸 알고 있었습니다. 남자 형제들보다 훨씬 더 중요하다는 것도요. 잡지, 영화, 심지어 우리 어머니까지 모두가 젊음과 미모가 최고라고 강조했습니다. 당연히 늙음과 추함은 나쁜 것이고요. 이는 내가 숨 쉬는 공기였고 내가 헤엄치는 물이었어요.

제인도 그 물에서 헤엄칩니다. 그가 사는 세상에서 그는 결혼을 할 수 있을 만큼 예쁘지 않고, 그렇기에 가치가 없어요. 당연히 그가 사랑에 빠지는 상대도 마을에서 가장 곱상한 피터입니다. 두 사람이 전혀 어울리지 않는다는 사실은 상관없어요. 제인에게 수많은 장점이 있다는 사실도 상관없고요. 그는 다른 길을 알지 못합니다. 로렐라이와 그 자매들도 같은 함정에 빠져 있기에, 무슨 수를 써서라도 젊음을 유지하는 데에만 온 생을 바칩니다.

이야기를 만들 때에는 늘 주의해야 합니다. 영웅은 잘생기고 악당은 못생긴 그 모든 동화들을 되돌아봐요. 너무 많은 불행이 아름다움처럼 덧없고 주관적인 것에 매달리다 찾아오는데도, 여전히 우리는 선과 악을 단순히 아름다움과 추함으로 표현하곤 합니다.

작가들은 종종 자신이 어렸을 때 읽고 싶었던 책을 쓴다지요. 어린 시절의 나는 아마 이 책을 아주 좋아했을 거예요. 평범한 외모의 소녀가 특별한 모험을 통해 자신의 다양한 특성 모두를 있는 그대로 사랑하는 법을 배워 나가는 과정을 함께하면서, 그동안 봐 왔던 온갖 아름다운 디즈니 공주로부터 해방되는 소중한 경험이 되었을 거라 믿습니다.

물론 완전히 해방되려면 멀었어요. 거울을 보고 얼굴을 찌푸릴 때마다 마음 깊은 곳에서 무슨 일이 벌어지고 있는지 차분하고 깊게 들여다보는 것은 여전히 어려운 일입니다. 무섭고 힘든 일이지만, 그만큼 가치가 있는 일이기도 하지요.

일단은 수영강습부터 시작해 봐야겠어요!

비트보드

나는 어렸을 때부터 애니메이션을 좋아했고, 실제로 애니메이션 스토리보드 작가로 10년 이상 일했습니다. 애니메이션이 제 뼛속에 새겨져 있다고 해도 과언이 아닐 거예요. 책을 쓸 때에도 애니메이션 영화와 비슷하게 접근합니다. 스케치와 간단한 줄거리로 시작한 다음, 대본을 쓰고 그림을 그립니다.(애니메이션 영화와 다른 점은 혼자서 다 그려야 한다는 것!)

비트보드는 애니메이션을 만들 때 일반적으로 준비하는 초기 작업 중 하나입니다. 스토리를 전달하는 데 사용되는 컬러 일러스트레이션이에요. 각 인물의 구체적 디자인은 바뀌었지만, 이 장면들은 여전히 어떤 식으로든 스토리에 녹아 있습니다!

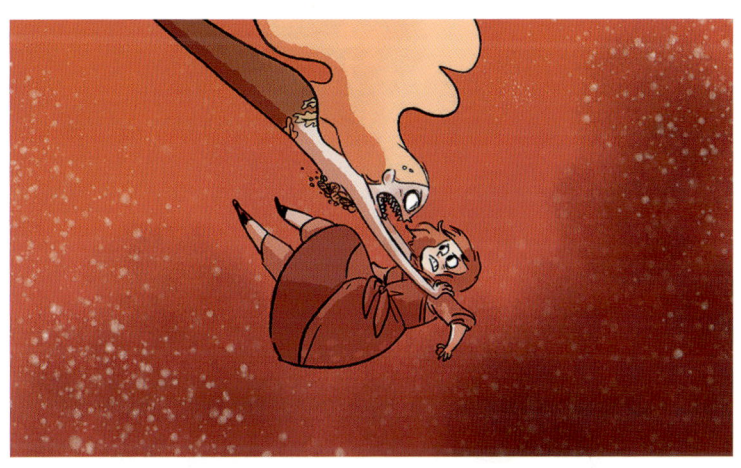

채색

윤곽선 그리기(선화)　　　전경 채색　　　배경 채색

| 로렐라이 | 제인 | 마을 | 피터 | 늪의 계약 | 크로너리 | 마을로 가는 길 | 바다 속 | 보드닉의 집 | 인어마을 |

| 랍스터 통발 | 피터와 로렐라이의 데이트 | 넓은 바다 | 난파선 | 회상 속의 배 | 좀비 | 조각상 공원 | 심해 | 피터의 감옥 | 제인의 회상 |

| 제인의 동굴 | 셀키 마을 | 제이미 | 넓은 바다 | 인어 마을 | 로렐라이의 방 | 해저분화구 | 제인의 집 | 마을 에필로그 |

한낮

해 뜰 녘

채색 과정

1. 베라가 알렉에게 잉크로 그린 선화를 보냅니다.
   이 책은 디지털로 선화 작업을 했습니다.

2. 알렉은 언제나 각 페이지의 인물부터 채색을 시작합니다. 색상은 항상 인물의 색상표에서 선택하여 일관성을 유지합니다.

3. 알렉이 배경을 단색으로 칠합니다. 이때에는 주변 배경과 어울리도록 다양한 색상을 사용합니다.

4. 필요한 경우에는 알렉이 인물에 추가 색상을 덧입혀서 약간의 그림자 효과를 줍니다.

5. 마지막으로 알렉이 다양한 디지털 브러시를 활용하여 배경 위에 약간의 질감과 빛을 더합니다. 이렇게 하면 배경에 깊이감과 재미가 더해집니다!

감사의 말

이 거대한 고래와 같은 책을 무사히 해변까지 끌어올 수 있도록 도와주신 모든 분들에게 커다랗고 축축한 감사를 전합니다.

10년 넘게 제 창작의 집이었던 〈맥밀런 출판그룹〉의 마크 시겔과 그의 팀원들에게 감사합니다. 이곳을 찾을 수 있게 도와준 주디 핸슨에게도 감사합니다. 전문적인 검토와 소중한 조언을 제공해 주신 스토리 트러스트 출판사(진 양, 벤 하케, 조, 리우, 에코 우, 매트 록펠러)에도 감사합니다. 채색 과정에서 절대적으로 없어선 안 될 역할을 맡아 주신 클레어 샌더스와 대형선에 대한 지식을 나누어 준 루시 벨우드에게도 감사합니다. 용감한 내 친구들인 패트 레이스, 그레이엄 애너블, 크리스 아펠한스, 레이나 텔게마이어와 그 외에도 내 책을 읽고 계속 해 보라고 따뜻하게 격려해 주신 모든 분들에게 감사드립니다. 책 작업은 고되고 오래 걸리는 일이니까요.

작업 내내 계획성, 협조성, 창의성, 친절함을 보여 준 알렉에게는 울트라 무한정 세계 최고 금메달 감사를 보냅니다. 당신이 최고예요.

지은이 베라 브로스골 Vera Brosgol

1984년 러시아 모스크바에서 태어나 5세가 되던 해에 미국으로 이주해 미국과 캐나다에서 자랐다. 세계 최고의 애니메이션 학교라고 할 수 있는 캐나다 쉐리던 칼리지에서 고전 애니메이션을 전공하고, 애니메이션 제작사에서 10여 년 동안 스토리보드 아티스트로 일하며 영화를 제작하기도 했다. 첫 그림책 『날 좀 그냥 내버려 둬!』로 '칼데콧 아너 상'을 받았으며, 첫 그래픽노블 『아냐의 유령』으로 만화계의 아카데미상으로 알려진 '아이스너상'을 비롯해 '시빌상', '하비상'을 받았다. 그리고 최신작 『못생긴 제인 그리고 인어』로 '아이스너상'을 거듭 수상하며, 최고의 아동청소년 그래픽노블 작가로 자리매김했다. 현재 반려견 오마르와 함께 미국 오리건주 포틀랜드에 살고 있다.

옮긴이 조고은

서울대학교에서 국어국문학을 전공하고 동 대학원에서 국어교육학 박사 과정을 수료한 뒤, 영어와 일어 전문 번역가로 활동하고 있다. 인권교육센터 <들>에서도 함께 활동하고 있으며, 옮긴 책으로 그림책 『우리는 패배하지 않아』 『나의 젠더 정체성은 무엇일까?』, 그래픽노블 『뉴 키드』 『밤으로의 자전거 여행』 『햇빛 캠프』 『못생긴 제인 그리고 인어』 등이 있다.

못생긴 제인 그리고 인어

펴낸날 초판 1쇄 2025년 12월 15일
지은이 베라 브로스골 | 옮긴이 조고은 | 펴낸이 신형건
펴낸곳 (주)푸른책들·임프린트 보물창고 | 등록 제321-2008-00155호
주소 서울특별시 서초구 양재천로7길 16 푸르니빌딩 (우)06754
전화 02-581-0334~5 | 팩스 02-582-0648
이메일 prooni@prooni.com | 홈페이지 www.prooni.com
인스타그램 @proonibook | 블로그 blog.naver.com/proonibook
ISBN 978-89-6170-373-4 77840

PLAIN JANE AND THE MERMAID by Vera Brosgol
Copyright © 2024 by Vera Brosgol
All rights reserved.

This Korean edition was published by Prooni Books, Inc. in 2025 by arrangement with First Second, an imprint of Roaring Brook Press, a division of Holtzbrinck Publishing Holdings Limited Partnership through KCC(Korea Copyright Center Inc.), Seoul.
이 책은 (주)한국저작권센터(KCC)를 통한 저작권자와의 독점계약으로 (주)푸른책들에서 출간되었습니다.
저작권법에 의해 한국 내에서 보호를 받는 저작물이므로 무단전재와 복제를 금합니다.

＊잘못된 책은 구입한 곳에서 바꾸어 드립니다.
＊보물창고는 (주)푸른책들의 유아·어린이·청소년 도서 임프린트입니다.

(주)푸른책들은 도서 판매 수익금의 일부를 초록우산 어린이재단에 기부하여 어린이들을 위한 사랑 나눔에 동참합니다.